Chers amis rongeurs,
bienvenue dans le monde de

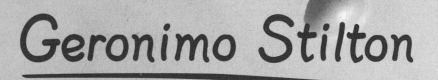

Geronimo Stilton

Texte de Geronimo Stilton
Couverture de Larry Keys
Illustrations intérieures : idée de Larry Keys, *réalisées par* Topika
Topraska
Maquette de Merenguita Gingermouse
Traduction de Titi Plumederat

Les noms, personnages et intrigues de Geronimo Stilton sont déposés. Geronimo Stilton est une marque
commerciale, licence exclusive des Éditions Piemme S.P.A. Tous droits réservés.
Le droit moral de l'auteur est inaliénable.

www.geronimostilton.com

Pour l'édition originale :
© 2000 Edizioni Piemme S.P.A. Via del Carmine, 5 – 15033 Casale Monferrato (AL) – Italie
sous le titre *Un camper color formaggio*
Pour l'édition française :
© 2005 Albin Michel Jeunesse – 22, rue Huyghens – 75014 Paris – www.albin-michel.fr
Loi 49 956 du 16 juillet 1949 sur les publications destinées à la jeunesse
Dépôt légal : second semestre 2005
N° d'édition : 16437/3
ISBN 13 : 978 2 226 15788 1
Imprimé en France par l'imprimerie Clerc à Saint-Amand-Montrond en mai 2007

Stilton est le nom d'un célèbre fromage anglais. C'est une marque déposée de Stilton Cheese Makers'
Association. Pour plus d'information, vous pouvez consulter le site www.stiltoncheese.com

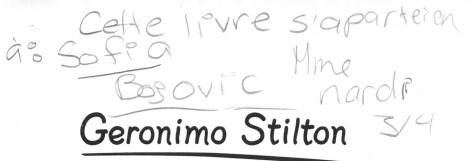
Geronimo Stilton

UN CAMPING-CAR
JAUNE FROMAGE

ALBIN MICHEL JEUNESSE

GERONIMO STILTON
SOURIS INTELLECTUELLE,
DIRECTEUR DE *L'ÉCHO DU RONGEUR*

TÉA STILTON
SPORTIVE ET DYNAMIQUE,
ENVOYÉE SPÉCIALE DE *L'ÉCHO DU RONGEUR*

TRAQUENARD STILTON
INSUPPORTABLE ET FARCEUR,
COUSIN DE GERONIMO

BENJAMIN STILTON
TENDRE ET AFFECTUEUX,
NEVEU DE GERONIMO

MONSIEUR STILTON, IL FAUT QUE JE VOUS PARLE !

Ce matin-là, en pénétrant dans mon bureau, j'étais de très bonne humeur...

– *HOP !* couinai-je, en lançant mon chapeau sur le portemanteau. *Olé !* ajoutai-je, en me débarrassant de mon manteau. *Hop là –* chicotai-je pour conclure en attrapant au vol une tasse de café.

– Monsieur Stilton, *il faut que je vous parle !* s'exclama ma secrétaire en essayant de m'arrêter.

J'avais déjà la patte sur la poignée de la porte : *J'ouvris...* quelqu'un était assis à ma place, à mon bureau !

HONORÉ
TOURNEBOULÉ

Emboîtée dans **mon** bureau comme si on les avait construits ensemble, **enCaStrée** dans **mon** fauteuil comme si on l'avait vissée aux accoudoirs, agrippée à **mon ORDI-NATEUR**, avec une patte rivée sur **mon** téléphone et l'autre collée à **mon** agenda…
une **grosse** souris, au pelage argenté, avec des sourcils broussailleux et des lunettes d'acier qui brillaient sur la pointe du museau, se tenait là. C'était mon grand-père !

Mon grand-père, Honoré Tourneboulé, dit **PANZER**, le fondateur de la maison d'édition !
– Tiens, grand-père… chicotai-je. Comment ça va ?

COMMENT VEUX-TU QUE ÇA AILLE ?

– Comment veux-tu que ça aille ? rétorqua-t-il. Je suis débordé, je travaille !

Puis il hurla dans le téléphone (assourdissant probablement le malheureux qui était à l'autre bout du fil) :

– Oui, mon grand, *trois*, j'ai bien dit trois ! Trois, t-r-o-i-s ! Trois ! Troiiiiis ! *T-r-o-i-s !* Tu vas m'imprimer **3** millions de guides touristiques du Sourikistan, alors ne perds pas de temps, j'ai bien dit trois, trois, trois !

Troiiiiiiiiiiiis !

T comme **Tourneboulé a parlé !**

R comme **Rapidement exécuté !**

O comme **Obéis sans discuter !**

I comme **Il est interdit de lambiner !**

S comme **Si tu travailles vite, tu seras payé !**

Honoré Tourneboulé, dit Panzer…

Puis il ricana :

– Débouche-toi les oreilles, mon grand, tu dois avoir *un bouchon de fromage dedans !*

Sa victime bredouilla quelque chose.

Grand-père beugla dans le téléphone, comme s'il avait voulu le mordre :

– **Jamais de la vie !**

Puis il claqua le téléphone sur sa base et marmonna :

– **GROUNF**, où sont passés les imprimeurs d'autrefois ?

Je déglutis et demandai, avec un filet de voix :

– Quel bon vent t'amène, grand-père ? Et, excuse-moi si je suis indiscret, mais que comptes-tu faire de trois millions de guides touristiques du Sourikistan ?

Il m'ignora et farfouilla parmi les papiers étalés sur **mon** bureau, griffonnant quelques mots avec **mon** stylo sur **mon** agenda. Il soupira :

– *Tout ça, c'est nul, il faut tout refaire !*

C'est alors que **ma** secrétaire entra, avec un contrat **pour moi**.

Grand-père cria encore plus fort (si fort que je vis ses amygdales à travers ses incisives) :

– *Tout ça, c'est nul, il faut tout refaire !*

Il déchira le contrat, le froissa et en fit une petite boule. Puis, d'un bond plus félin que ratesque, il sauta sur le bureau et, empoignant un **club de golf** de poche, il propulsa la boule de papier dans la corbeille.

– Je ne suis pas mauvais, hein ? ricana-t-il avec un clin d'œil.

Ma secrétaire et moi nous regardâmes, atterrés.

– Une crise, l'édition traverse une crise ! soupira-t-il.

J'essayai de protester :

– Mais, grand-père, notre maison d'édition va **TRÈS BIEN !**

Il fronça les sourcils, qui devinrent plus broussailleux encore.

– *Ha, haa, haaa...* ricana-t-il. Gamin, ce n'est quand même pas toi qui vas expliquer à quelqu'un comme **MOI** si on est en crise ou pas ! Je m'y connais, non ? C'est quand même **MOI** qui ai fondé cette entreprise...

Je répliquai, exaspéré :

– Mais tout va bien, grand-père ! Fais-moi confiance !

Grand-père ^{leva} l'index et l'**agita** de droite à gauche, puis de gauche à droite.

– *Ha, haa, haaa !* Tu vois ce doigt, gamin ? **Non**, **non** et **non** ! **Non**, **non** et encore **non** ! Je n'ai confiance en personne ! En rien ni en personne ! C'est comme ça que j'ai créé l'entreprise, **MON** entreprise (**la mienne**, pas la tienne)..., conclut-il avec un geste solennel de la patte.

J'essayai de le raisonner :

– Mais, grand-père, cela fait vingt ans que tu me l'as transmise, cette entreprise !

Il ouvrit **mon** agenda et commença à le feuilleter d'un air très occupé.

– Bon, maintenant, ça suffit, gamin ! J'ai du travail ! Regarde-moi tous ces rendez-vous ! hurla-t-il.

– Mais, grand-père, protestai-je, ce sont **mes** rendez-vous !

C'est alors que le téléphone sonna.

Nous nous précipitâmes tous deux pour répondre, mais il fut **plus** rapide que moi.

– À qui voulez-vous parler ? À Geronimo Stilton ? À ce bout de chou ? Dites-moi tout, je suis son grand-père. À partir d'aujourd'hui, c'est moi qui dirige la *saison*, enfin la maison d'édition, déclara-t-il, ravi.

Je tremblais de **RAGE**.

GRAND-PÈRE, JE NE SUIS PLUS TON BOUT DE CHOU !

– Et pourquoi ça ? Aurais-tu changé de grand-père, par hasard ? ricana-t-il.

Puis il m'adressa un regard apitoyé.

– Mon pauvre Geronimo, ce n'est pas ta faute si tu as du mal à suivre, avec la **petite cervelle** que tu as ! Hélas, il est rare que le génie soit héréditaire !

Es-tu certain d'être mon petit-fils ?

Je demandai :

– Tout à l'heure, tu parlais de guides touristiques, mais je n'ai pas bien compris...

Grand-père secoua la tête, d'un air attristé.

– **Tu n'as pas compris ?** Oh, ça ne m'étonne pas...

Je précisai, agacé :

– Je veux dire que je n'ai pas compris à quoi servaient des guides touristiques du Sourikistan. Tu ne veux tout de même pas tirer à *trois* millions d'exemplaires, hein ?

Il secoua de nouveau la tête.

– Dommage que tu ne comprennes pas (mais, à propos, es-tu certain d'être mon petit-fils ? Tu n'as vraiment, mais vraiment rien de moi !). Évidemment, je ne dois pas m'attendre à ce que tout le monde soit aussi *dégourdi* que moi. RÉVEILLE-

TOI, mon grand, un peu de tonus ! me lança-t-il en me DÉPLIANT sous le museau une carte géographique.

– Qu'est-ce que c'est ? balbutiai-je, surpris.

Il ricana et, très vite, fit de nouveau passer la carte sous mon museau. Cette fois, je compris : c'était une carte du Sourikistan.

– RÉVEILLE-TOI, RÉVEILLE-TOIII, RÉVEILLE-TOIIIII, gamin ! cria-t-il.

Puis il ajouta d'un air rusé :

– Je me suis aperçu (je suis un vrai génie !) qu'il n'existe aucun guide touristique du Sourikistan. Ah, le **Sourikistan** ! C'est un endroit que personne ne connaît, où le tourisme n'est pas encore développé ! Imagine un peu, gamin, tous les guides qu'on va pouvoir vendre !

Puis il hurla d'une voix tonitruante, qui me fit sursauter :

– Trois millions d'exemplaires ! Je prévois des réimpressions en série !!!

Je répliquai, pantois :

– S'il n'existe aucun guide touristique du Sourikistan, c'est parce que la température y est de **quarante degrés en dessous de zéro**. Personne n'a envie d'aller là-bas, personne, pas même les pingouins (qui préfèrent rester bien tranquillement au pôle Nord)…

+10 0°

~10 °

~20 °

~30 °

~40 °

~50 °

MA PETITE MIMOLETTE !

À ce moment, la porte du bureau s'ouvrit, livrant passage à ma sœur, **Téa Stilton**, l'envoyée spéciale du journal. Vous la connaissez ? Nooon ?

Vous avez de la chance... beaucoup de chance !

Je vous la décrirais volontiers si c'était possible, mais je crains que, dans son cas, les mots soient inutiles.

Dès que **Téa** vit grand-père Honoré, elle chicota :

– Grand-père ! Mon petit papy !

Aussitôt, il chicota en retour, les larmes aux yeux :

– Téa ! Ma petite mimolette ! Le sang de mon sang ! Le blé de mon portefeuille ! Le fromage de ma cave ! La seule consolation de ma vie (ce n'est pas comme mes autres petits-enfants).

Elle sourit gentiment et **virevolta** jusqu'à grand-père.

Il la désigna avec fierté.

– Tu vois ta sœur, Geronimo ? Tu la vois ?

Puis il proclama, **ému** :

– Voilà ce que j'appelle un rongeur à la hauteur (ce n'est pas comme mes autres petits-enfants) !

Il poursuivit :

– D'où viens-tu, ma chère petite-fille ? Hein ? Raconte, raconte à papy, qui est si fier de toi !

Elle se rengorgea.

– J'étais au bord de la **MER**, dans les îles du Sud… Il paraît que, cette année, la tendance pour les maillots de bain

J'étais au bord de la mer !

sera à **l'orange, au rouge, au vert fluo...**

Grand-père approuva, les larmes aux yeux :

– Comme tu es intelligente (ce n'est pas comme mes autres petits-enfants).

Je m'éclaircis la voix.

– Euh, hasardai-je **timidement**, moi, j'y serais allé avec plaisir, dans les îles du Sud…

Grand-père me regarda sévèrement et **agita** le

doigt en l'air, de droite à gauche, puis de gauche à droite.

– **Non, non** et **non** ! **Non, non** et encore **non** ! Il est normal que ce soit Téa qui aille dans les îles du Sud, car elle a le chic pour repérer les tendances, tandis que toi (permets-moi de te le dire), tu n'es qu'un petit vieux rabougri, momifié !

Il secoua la tête.

– Pauvre, pauvre petite Téa ! Elle se sacrifie pour la maison d'édition, et elle est **même prête à voyager** (en première classe, bien sûr : pour ma petite-fille, il faut le meilleur !). Ah,

Téatounette, toi, au moins, tu fais honneur à la famille (ce n'est pas comme mes autres petits-enfants).

Téa est même prête à voyager !

PINA DÉBARQUE !

Sur ces entrefaites, le téléphone sonna.
J'appuyai sur la **TOUCHE** du haut-parleur : une
petite voix perçante nous perfora les tympans.

– Allôôôôôôôô ? Allôôôôôôôô ?

chicota une voix féminine à l'autre bout du fil.
C'était **Pina Souronde**, la gouvernante de
grand-père.
– Mon *petit monsieur* Geronimo, auriez-vous
l'amabilité de demander à *Monsieur* Honoré
ce qu'il veut manger au dîner ???
Grand-père bougonna :
– Préparez-moi, oui, eh bien, voilà, de la fondue
de raclette.

– Tss, tss, tss ! rétorqua-t-elle. Vous savez bien que la fondue n'est pas bonne pour ce que vous avez, *Monsieur* Honoré ! Vous devez suivre un régime ! À propos, continua-t-elle d'un ton sévère, avez-vous mis votre petite laine ? Hein ? L'avez-vous mise ?

Il protesta :

– Je travaille, je suis débordé !

Elle éclata d'un rire sarcastique :

– Oh, ça m'est égal, ne la mettez pas ! Mais si, après, vous attrapez un rhume, ou une maladie **grave...**

ou **très grave...**

ou même **mortelle...**,

vous ne compterez pas sur moi pour vous soigner. Vous n'êtes plus un petit rat, vous savez ! À propos, j'ai fait vos valises, j'en prépare une bonne cinquantaine, je mets tout ce qui peut vous servir en voyage. Je n'arrivais pas à faire tenir votre bureau dedans, vous savez, il est un peu trop large, surtout le tiroir du milieu, mais je l'ai coupé en mo^rceaux en partant des pieds…

– **Quoiii ?** tonna grand-père. Vous avez coupé mon bureau en morceaux ? Le bureau ancien ? Celui du XVIIIe siècle ? Celui avec les pieds rococo et les tiroirs en ivoire ajouré ?

– OUIIIIIIIIIIIIIIIIIIIIII !

confirma fièrement Pina. Et j'ai aussi réussi à faire entrer dans les valises votre fauteuil préféré, un morceau par-ci, un morceau par-là. J'ai tout fini, on va pouvoir partir ! Je suis là dans une minute !

Une sonnette d'alarme **retentit** dans mon cerveau. Grand-père partait ? Où allait-il ? Pourquoi ?

– Bon, Geronimo, il serait temps que toi aussi, tu prépares tes valises ! Tu ne veux tout de même pas te retrouver sans rien, comme d'habitude, hein ?

– Mais qu'est-ce que j'ai à voir avec vos valises, répliquai-je, irrité. **JE NE DOIS PAS PARTIR, MOI !**

Grand-père me regarda et dit :

– Ah, on ne te l'a pas dit ?

Téa me regarda et dit :

– Ah, on ne te l'a pas dit ?

C'est alors qu'entra mon cousin Traquenard, portant un énorme sac à dos. Il chicota :

– Ah, on ne te l'a pas dit ?

La porte se rouvrit et Pina entra, tirant une énorme malle à roulettes.

– Ah, vous ne le lui avez pas dit ?

Je me mordis la queue de rage.

– Qu'est-ce que vous deviez me dire ? Qu'est-ce que vous ne m'avez pas dit ?

Benjamin entra : c'est mon neveu préféré. Il courut vers moi et me **serra** fort dans ses pattes.

– Tonton, tonton Geronimo ! Je suis si content. Ils m'ont dit que tu partais avec nous pour le

Sourikistan !

Benjamin entra : c'est mon neveu préféré...

POURQUOI PERSONNE NE ME L'A DIT ?

J'étais sidéré.

– Quoi **quoi** **quoi ?** On part pour le Sourikistan ? Pourquoi personne ne me l'a dit ?

Il s'ensuivit un profond silence. Ma famille savait qu'elle avait tort. Elle le savait parfaitement !

Téa sortit rapidement un **bonbon** au parmesan de son emballage et me le fourra dans la bouche (pour me réduire au silence, j'imagine !).

Elle **susurra** d'un ton **mielleux** :

– Prends un **bonbon**, tu seras *MOINS AMER*.

On ne t'a jamais dit que tu étais un peu trop susceptible ?

– Je ne veux pas de bonbon ! Je veux simplement qu'on me tienne au courant, voilà ! essayai-je de protester, la bouche pleine.

Traquenard **gloussa** :

– Allez, cousin, après tout, on est en train de te le dire, non ? **Hé hé hééé !**

Il regarda sa montre.

– Il te reste exactement dix-sept minutes et demie pour faire tes valises, brancher l'alarme, fermer le gaz, dégivrer le frigo et partir avec nous !

Puis il me donna une pichenette sur la joue, ce qui me fit avaler le bonbon de travers.

– **Cof, cofff, aaaaagh !** toussai-je, manquant de m'étrangler, les **YEUX** exorbités.

Grand-père coupa court :

– Gamin, tu es vraiment *paranoïaque* ! On te dit toujours tout ! Allez, ouste, ne perds pas ton temps (le temps, c'est de **l'argent**) et va boucler tes valises.

– Quelles valises ? Hein ? Comment je fais pour les boucler si je n'en ai pas ? protestai-je, exaspéré.

– Bon, d'accord, si tu n'en as pas, tu peux partir sans ! conclut-il, magnanime.

Puis il s'adressa aux autres :

– Allez, les enfants, appelez le **TAXI** !

Je trépignai de rage.

– Je refuse de partir !

Je re-fu-se !
Je re-fu-se !
Je re-fu-se !

Grand-père sembla **RÉFLÉCHIR**, puis, d'un geste dramatique, il désigna la porte.

– Sortez tous ! Laissez-moi seul avec *lui,* avec mon petit-fils !

Il s'appuya sur ma patte, comme s'il n'arrivait pas à marcher seul, et, en boitant (mais depuis quand boitait-il ?), il me demanda d'une petite voix plaintive :

– Ça ne t'ennuie pas si je m'assieds, gamin ? Tu sais, je ne suis plus celui que j'ai été. Eh oui, c'est la vieillesse… La jeunesse ne connaît pas son bonheur.

– Euh, bien sûr, grand-père, tu es sûr de bien te sentir ?

– Plus que m'asseoir, c'est me *coucher* que je voudrais. Aaaaaah, la vieillesse ! Quelle vilaine chose ! Je ne me sens pas bien du tout… j'ai une douleur au cœur, là ! – et il fit un geste en direction de la poche intérieure de son veston.

– Mais, grand-père, c'est là que tu ranges ton portefeuille ! dis-je.

– Ah, voilà, le cœur, le portefeuille, l'un pour l'autre, quoi… marmonna-t-il.

Puis il ajouta, lugubre :

– J'ai le cœur brisé quand je vois que notre famille n'est pas unie, qu'il y a des disputes, que **tu** ne veux pas venir avec **nous**, voilà…

Et il poussa un SOUPIR, les yeux brillants.

Puis, la patte tremblante, il essuya une larme sur son museau.

Je ne savais plus quoi dire.

Je n'avais pas envie de partir, mais…

– Dis-moi que tu vas venir, gamin ! Dis-moi oui ! m'implora-t-il, en saisissant ma patte.

– Euh, grand-père, eh bien, je…

– Dis-moi oui, gamin, dis-moi oui ! insista-t-il en sanglotant et en se mouchant bruyamment. Fais-le pour moi, qui t'ai toujours

TOUT

donné sans jamais rien te demander !

– C'est-à-dire que je… enfin… c'est d'accord… murmurai-je, vaincu.

C'est alors qu'il se produisit l'impensable, une sorte de miracle.

Comme s'il avait brusquement rajeuni de trente ans, grand-père *bondit* sur ses pieds en hurlant :

– Alors on part. On part ! Et fissa ! Un **TAXI** !
Il ouvrit la porte.

Tous les autres membres de ma famille (qui, évidemment, étaient en train d'écouter à la porte !!!) se *roulaient* par terre les uns sur les autres.

– Grand-père ! Grand-père !

l'appelai-je, mais il était déjà sorti de l'immeuble en criant :

– On part, *MO-LLA-SSONS !*

LE SUPER CAMPING-CAR DE GRAND-PÈRE

Je compris qu'ils m'avaient roulé.

Par mille mimolettes, je m'étais laissé prendre comme un nigaud !

J'étais d'une humeur exécrable : ceux qui me connaissent savent que **je déteste voyager !**

Grand-père, lui, exultait, comme à chaque départ.

– Ah, moi, j'étais né pour être explorateur !

Voyager, c'est fantastique !

Puis il fit un clin d'ŒIL à Téa.

– Toi, tu es comme moi : il n'y a que toi qui me comprennes, ma chérie (ce n'est pas comme mes autres petits-enfants).

Je soupirai. Ça, c'était bien vrai !

Grand-père, comme Téa, avait la manie des voyages : quand il lui en prenait la **fantaisie**, comme il disait, il montait à bord de son camping-car jaune fromage et il partait.

DéPAAART!

Il conduisait comme un pilote automatique : cloué à **50** kilomètres/heure, toujours et seulement sur la voie de gauche.

Les autres automobilistes avaient beau lui faire des **appels de phare**, le klaxonner, lui adresser des gestes menaçants, il ne bougeait pas d'un centimètre.

Cuisine

Salle à manger

Salle de bains

De temps en temps, Pina le GRONDAIT :
– Roulez plus doucement, *Monsieur* Honoré, sinon les verres de cristal vont se briser ! Laissez-moi vous décrire le *très luxueux* camping-car de grand-père. De la plaque avant à la plaque arrière, il mesure vingt-quatre mètres et quatre-vingt-six centimètres.

Chambre à coucher

Bureau de grand-père

Il est peint d'un intense, couleur fromage.

La cabine de pilotage est équipée d'un système de **nAViGATiON SATELLiTAiRE** permettant de faire le point où qu'on soit dans le monde.

La salle à manger est meublée en style 𝓔mpire, avec des tableaux d'époque dans leurs cadres dorés. C'est là que grand-père aime à dîner aux chandelles, dans des assiettes de très fine porcelaine et d'élégants verres de cristal,

avec des dessous-de-verre en étain et des couverts en argent.

La chambre à coucher de grand-père est immense : au centre, un gigantesque lit à baldaquin en bois de cèdre, à rideaux de soie ; la chambre donne sur une salle de bains en marbre (comportant une baignoire avec hydromassage en forme de tranche de fromage, et même un sauna).

Il y a un bureau-bibliothèque raffiné tapissé de livres anciens dans lequel, depuis des années, grand-père rédige ses Mémoires.

En plus, il y a une chambre d'amis et un cagibi pour les bagages.

J'oubliais : il y a aussi une immense cuisine, le royaume de Pina (qui suit grand-père dans tous ses voyages). Il n'y manque rien : du four à pain en pierre... au RÉFRIGÉRATEUR géant

avec un ORDINATEUR incorporé qui la prévient avant que les provisions ne soient épuisées. Le rêve secret de Pina est d'ouvrir un restaurant. Elle en a déjà choisi le nom : **À la Quiche d'Or**. Un jour, peut-être… N'allez pas croire qu'elle se contente de faire la cuisine. Pina sait tout faire : par exemple, les PIQÛRES précédées d'une claque (pour que l'attention du patient se détourne de l'aiguille), mais elle sait aussi réparer un carburateur en experte. Elle se promène toujours armée d'un rouleau à pâtisserie télescopique (c'est-à-dire à rallonge) en argent, cadeau de grand-père, gravé à ses initiales. Pina n'utilise pas seulement ce rouleau pour étaler la pâte de ses quiches, mais également comme arme défensive, et elle ne s'en sépare jamais : la nuit, elle le glisse sous son oreiller, toujours à portée de patte. Pina conseille grand-père en toutes choses, des vêtements qu'il porte aux investissements boursiers qu'il réalise. Pina Souronde est la seule personne capable de tenir tête à grand-père Honoré !

Pina Souronde

UNE BOUSSOLE
DANS LA TÊTE

Nous partîmes. Hélas, au bout d'un jour de voyage seulement, Traquenard et Benjamin durent rentrer chez eux parce qu'ils avaient les OREILLONS !

Nous poursuivîmes notre voyage sans eux. Grand-père conduisait, Pina cuisinait, ma sœur photographiait le paysage. Moi, je consultais les cartes routières pour indiquer le chemin à grand-père.

Mais (*comme d'habitude*) il ne me faisait pas confiance : il fallait (*comme d'habitude*) qu'il n'en fasse qu'à sa tête, et c'est ainsi que (*comme d'habitude*) il se trompait souvent de route. Voici un exemple de dialogue typique entre grand-père et moi :

– Grand-père, il faut tourner à gauche au prochain croisement !

– Il n'en est pas question, gamin ! À gauche ? N'importe quoi ! C'est à droite qu'il faut tourner, je le sens...

– Mais, grand-père, la carte... la boussole...

– Gamin, tu te laisses toujours égarer par des détails. Moi, j'ai une boussole dans la tête ! Et maintenant, sois mignon, laisse-moi conduire.

D'habitude, quand grand-père réagissait ainsi, nous nous perdions.

Cette fois aussi, nous nous perdîmes.

Nous roulâmes pendant des heures sur une petite route déserte, au milieu de terrains incultes, sans jamais rencontrer un panneau routier.

la bonne route pour le Sourikistan

Quand vint la nuit, nous nous retrouvâmes au beau **MILIEU** d'une forêt impénétrable.

J'essayai d'utiliser le très compliqué, très moderne et très sophistiqué **SYSTÈME SATELLITAIRE**, mais je ne pus mettre la patte sur le mode d'emploi !

Grand-père s'arrêta au bord de la route et dit :

– J'ai besoin de me reposer. Qui conduit ?

Personne ne répondit.

Grand-père ne laissait **jamais** personne conduire son camping-car !

Il insista :

– Alors, qui prend le volant ?

Silence. Personne n'osait ouvrir la bouche.

Il **HURLA** :

– Alors comme ça, personne ne veut conduire ? Avouez-le, vous ne savez pas dans quelle direction aller, hein ? Mais, mes chers enfants, il faudra bien que vous appreniez à vous débrouiller tout seuls, dans la vie ! C'est trop facile si on vous mâche toujours tout ! Et que cela **vous serve de leçon !**

GERONIMO, FAIS QUELQUE CHOSE !

Téa s'écria :

– Geronimo, fais quelque chose ! Sors, par exemple ! Va chercher quelqu'un !

Je **blêmis**.

– **Quoi quoi quoi ?** Et pourquoi moi ?

Ma sœur soupira :

– Parce que je suis une ***dame*** ! Pour une fois, comporte-toi en noblerat !

– Mais, excuse-moi, tu dis toujours que les garçons et les filles sont égaux ! répliquai-je, irrité.

C'est alors que Pina me demanda, sournoise :

– Mon *petit monsieur* Geronimo, auriez-vous la gentillesse de sortir un instant pour vérifier s'il pleut ?

Je mis une patte dehors, fronçant les SOURCILS pour essayer de distinguer quelque chose dans l'obscurité : au même moment…

sbam !

… la porte se referma derrière moi.

Et la clef tourna dans la serrure.

J'entendis Pina ricaner, satisfaite :

– Vous avez vu comme c'est facile, mon *petit monsieur* Geronimo ? Avouez-le, vous ne vous en êtes même pas aperçu !

– Mais comment cela ?… balbutiai-je. Vous m'avez enfermé dehors ? **La nuit ?** Dans une forêt inconnue ? Dans l'obscurité ? Ce n'est pas juste ! J'essayai de protester dignement, mais bientôt je m'aperçus que je parlais seul.

Les deux complices étaient déjà reparties à l'arrière du camping-car, en me laissant tout seul à l'extérieur !

Alors, oubliant toute fierté, je me mis à les supplier :

– Ouvreeeeez ! Au secouuuuurs ! Au secouuuuuurs ! J'ai peur dans le noir !

Personne ne répondit ! Personne !! Personne !!!

J'entendis ma sœur chantonner dans la salle de bains, sous la douche…

Pina était déjà dans sa cuisine, à donner de furieux coups de rouleau à pâtisserie.

Préparait-elle des lasagnes à la cancoillotte ? Ou une quiche au gruyère ?

Je soupirai. Je n'y goûterais jamais. Je n'en reviendrais jamais vivant !

Pourquoi, pourquoi, pourquoi m'étais-je laissé entraîner dans cette folle aventure ?

Je m'enfonçai dans cette forêt sinistre.

C'était une injustice !

Vraiment une injustice !

Je l'avais déjà remarqué : chaque fois que ça

l'arrange, ma sœur Téa joue à la petite fille faible et sans défense.

Pourtant, ma sœur Téa…

Préparait-elle des lasagnes à la cancoillotte ?

1. … saute en parachute !

2. … conduit une moto plus grosse qu'elle !

3. ... est ceinture noire de karaté !

4. ... a son brevet de pilotage !

5. ... organise des stages de survie !

6. ... fait le tour du monde dans tous les sens (en tant qu'envoyée spéciale de *l'Écho du rongeur*) et affronte des dangers de toute sorte sans sourciller.

Bref, ma sœur, Téa Stilton, n'a peur *de rien ni de personne !*

Je soupirai. Elle n'a peur de rien, alors que moi...

Je regardai autour de moi en frissonnant. La forêt était d'un **noir** d'encre. Heureusement, je me souvins qu'une petite lampe torche était accrochée à mon porte-clefs : à l'aide de cette faible lumière, j'éclairai le sentier. Je m'enfonçai dans la forêt. J'entendais des craquements bizarres, comme si quelqu'un me suivait de près, en piétinant les feuilles mortes. Euh, vous avez peur dans le noir, vous ? Moi, si !

Dans le noir, tout devient effrayant. Mais il y a pis que le noir absolu… C'est la pénombre, ce **demi-jour** dans lequel tout prend un aspect sinistre. Les branches deviennent des squelettes dressés vers le ciel, les papillons de nuit se transforment en chauves-souris, les pierres brillent dans les rayons de lune comme des yeux de fantômes…

Je vis une ombre derrière moi et hurlai :

— Scouiiiit !

Qui me suivait ?

Je pris mes pattes à mon cou.

Puis je compris : c'était *mon* ombre !

STILTON
EN PERSONNE ?

J'aurais voulu retourner au camping-car, mais je ne savais plus de quel côté il se trouvait !

Alors je courus à perdre haleine, suivant le sentier : il finirait bien par me conduire quelque part !

JE COURUS, COURUS, COURUS... jusqu'à ce que je trébuche contre une racine et m'étale de tout mon long dans un tas de feuilles, mon museau s'écrabouillant par *terre*.

Je RELEVAI la tête.

J'entrevis la silhouette d'un rongeur.

– Grand-père ? m'exclamai-je.

– *Grand-père ?* marmonna l'autre... et il dirigea droit dans mes yeux le faisceau éblouissant d'une lampe.

Je me RELEVAI, plein d'espoir, en m'ébrouant pour me débarrasser des feuilles mortes.

– Grand-père, tu es venu me chercher !

L'autre secoua la tête, perplexe.

C'est alors que je m'aperçus qu'il s'agissait d'un **inconnu**.

C'était un rongeur assez velu, avec de grosses oreilles carrées, un museau carré, des épaules carrées, et même sa queue paraissait carrée !

Il chicota, méfiant :

– Qui es-tu ? Que veux-tu ?

J'expliquai :

– Je suis arrivé dans cette forêt à bord d'un camping-car, je suis sorti pour aller chercher des informations, mais je me suis perdu... Mon nom est Stilton, *Geronimo Stilton*.

L'autre demanda, incrédule :

– Stilton ?

Je confirmai :

– Oui, *Geronimo Stilton* !

L'autre s'écria, tout ému :

– Stilton en personne ?   Le célèbre écrivain ?

J'ai lu tous vos livres ! Celui que je préfère, c'est *Le Sourire de Mona Sourisa*. Ah, quelle histoire passionnante ! Euh, je m'appelle Balourd Balourdeau. Puis-je vous demander un *autographe* avec une dédicace personnalisée ?

Je reconnais volontiers que je suis un rongeur vaniteux, j'adore être **chouchouté** par mes admirateurs !

J'étais flatté de découvrir que mes livres étaient célèbres jusque dans ce coin paumé…

Aussi, je griffonnai un autographe sur une feuille d'arbre, pendant que Balourd chicotait des remerciements.

DES LASAGNES AU FROMAGE

Puis je demandai :

– Pourriez-vous me dire où se trouve le Sourikistan ?

Balourd prit un air ahuri.

– **Le Sourikistan ?** Mais ce n'est pas du tout dans le coin ! Ici, c'est la forêt des Fossiles : il faut que vous preniez la direction **opposée** !

– Par mille mimolettes, j'avais dit à grand-père qu'il se trompait de direction ! Mais il ne m'écoute jamais… **chicotai-je, exaspéré**.

Balourd me donna une grande tape sur l'épaule.

– Courage, chaque chose en son temps. Pour commencer, je vais vous expliquer comment retourner au camping-car. Ensuite, comment arriver au Sourikistan. Donc…

Il mit une demi-heure à m'expliquer la route.
Zut... j'espérais que j'arriverais à m'en
souvenir ! Puis il me serra la patte.

– Très honoré de vous avoir ren-
contré, monsieur Stilton, et bonne
continuation !

Je le saluai et me remis en route.

– Donc donc donc, je dois prendre
le **s e n t i e r** à GAUCHE
(ou à DROITE) du grand chêne...,
le suivre pendant dix minutes,
jusqu'au hêtre à la branche
tordue ; puis il faut tourner à
droite deux (ou trois ?) fois, traverser le
ruisseau, prendre le sentier qui monte, non,
celui qui descend, après quoi je dois me diriger
vers le rocher en forme de **tête de chat** ; puis
je dois traverser le petit pont, dépasser le
vieux pin abattu par la foudre ; puis je dois
prendre d'abord à DROITE puis à GAUCHE,
ensuite aller tout droit... ou bien d'abord tout

droit, ensuite à DROITE puis à GAUCHE, ou plutôt à GAUCHE, à DROITE et ensuite tout droit... *par mille mimolettes*, mais pourquoi ne l'ai-je pas écrit sur un papier ?

J'errai dans la forêt pendant une petite heure, avant de me rendre compte avec **HORREUR** que je m'étais perdu de nouveau !

– *Par les moustaches à tortillon du perfide chatgarou*, qu'est-ce que je fais, maintenant ? chicotai-je, désespéré, dans le noir.

Pourquoi, pourquoi, pourquoi m'étais-je laissé entraîner dans cette folle aventure ? Je suis une *souris intellectuelle*, pas un EXPLORATEUR. Ceux qui me connaissent savent que je **DÉTESTE** voyager !

JE FRISSONNAI de froid et de désespoir. Que faire ? Mais, à ce moment précis... je tendis le museau, reniflai l'air glacial de la forêt.

Oui, c'était le parfum des lasagnes au fromage !!!

lasagnes au fromage

Je rassemblai mes dernières forces, repris le sentier, suivant à la trace ce fumet délicieux, et, comme dans un mirage, je découvris bientôt les **lumières** du camping-car.

Sauvé ! J'étais sauvé !

J'étais pressé d'arriver, pour raconter mes mésaventures à ma famille. Ils seraient sûrement **heureux** de me revoir… ; ils devaient être très inquiets de **NE PAS ME VOIR** revenir !

Quand j'entrai, ils étaient tous assis à table.

Téa dit :

– Ah, c'est toi, Geronimo…

– Qui ? demanda grand-père.

– C'est Geronimo ! expliqua Téa.

– Ah, il était parti ? conclut grand-père, en grignotant un morceau de tarte au saint-nectaire.

Je marmonnai, en me laissant tomber sur le divan :

– Je m'étais perdu, je n'ai retrouvé le camping-car que grâce à l'odeur des lasagnes au fromage...

Pina se rengorgea :

– Ah, mes lasagnes ! Elles ont un parfum inimitable, hein ?

– À propos de lasagnes, murmurai-je, j'en prendrais volontiers une petite assiette...

– Y'en a plus ! annonça triomphalement Pina. Elles étaient si bonnes que *Monsieur* Honoré a tout terminé... et elle montra le plat luisant comme un miroir.

– Comment cela ??? protestai-je. Vous avez même mangé ma part ?

Pourquoi, pourquoi, pourquoi suis-je parti ?

PINA
A TOUJOURS RAISON !

J'expliquai à grand-père que nous avions roulé dans la mauvaise direction. Nous repartîmes à l'aube, pour retourner sur la route principale.

– **Youhouuuu !** s'exclama joyeusement grand-père. On repart pour le Sourikistan !

Puis il entonna une chanson :

– Sur la route, je suis né pour voyager sur la Voy-a-ger, oh oh, voyager, oh oh oh ooooh !

Je soupirai. Pourquoi, pourquoi, pourquoi étais-je parti ?

Le voyage se poursuivit. Nous nous **dirigions** vers le nord, traversant des vallées

glacées, des plaines désolées, des fleuves impétueux.

Le matin, j'enfilais mon technoblouson en fourrure de chat synthétique, je m'emmitouflais dans une épaisse écharpe de fourrure synthétique de chat tigré, je rabattais sur mes YEUX le bonnet à poils avec oreillettes thermiques à batteries incorporées, mais cela ne suffisait pas...

Le paysage changeait : la végétation était de plus en plus maigre, on aurait dit que les plantes se rabougrissaient sous l'action du **froid**. Je remarquai que la lumière du soleil était de plus en plus faible.

Nous demandions notre route aux rares rongeurs que nous croisions et tous faisaient le même geste : ils indiquaient le nord.

Enfin, un soir, nous découvrîmes un panneau routier qui émergeait du brouillard.

S-O-U-R-I-K-I-S-T-A-N...

– Sourikistan ! Enfin, nous sommes arrivés au Sourikistan ! s'écria grand-père, fou de joie.

Pina ordonna :

– Alors arrêtez-vous au premier supermarché, je dois faire les courses.

Je dis :

– Madame Pina, ici, il n'y a pas de supermarchés… Ici, nous sommes au Sourikistan !

Elle soupira, l'air de dire qu'elle n'allait pas gober ça.

Elle marmonna :

– Et ça, alors, qu'est-ce que c'est ?

Avant que j'aie pu répliquer, elle avait sauté du camping-car, brandissant son cabas, dont elle ne se séparait jamais, et elle se dirigeait au pas de charge vers une minuscule et répugnante boutique, qui exposait, sur un comptoir crasseux, de la marchandise à l'aspect douteux : des entassements de racines moisies, des tubercules pleins de terre, des œufs si vieux que les araignées y avaient tissé leurs toiles, des bouteilles poussiéreuses remplies d'un liquide NAUSÉABOND, et des bocaux au couvercle rouillé dans lesquels flottaient des fruits au sirop tout racornis.

De gros paniers d'osier étaient remplis de pommes talées à l'apparence déprimante ; des JARRES EN TERRE CUITE, entreposées dans le coin le plus sombre de la boutique, exhalaient une odeur de choucroute fermentée des plus suspectes. Des tranches de poisson salé étaient entassées sur un comptoir de granite : la puanteur qui s'en dégageait était si intense que je *faillis m'éva-nouir*.

Le vendeur nous salua cordialement :

– *Minsk ! Bienvenutoff !*

Pina chicota, d'un ton décidé :

– Bon, vous me mettrez deux cents grammes de jambon de Rayonne, mais du doux, hein ! Et puis trois paquets de fondue précuite *VITE-ET-BIEN* spéciale four à micro-ondes… et un pot de mayonnaise **Amonrat**. Vérifiez bien que la date de péremption n'est pas dépassée, hein, ne

jouez pas au malin, n'allez pas me refiler de la marchandise périmée !

Le rongeur derrière le comptoir commença à expliquer quelque chose en sourikistanais, répétant :

– **Nix, nix !!!**

Pina haussa les épaules et s'exclama :

– Oh, celui-là, il est un peu long ! Appelez-moi le patron, mon brave.

Je m'approchai et dis à Pina :

– Ici, nous sommes au Sourikistan, il y a certains produits qu'on ne trouve pas...

... mais ELLE NE VOULAIT PAS ME CROIRE !

Pina fit un geste au gars, *ou plutôt au rat* derrière le comptoir, et répéta :

– Appelez-moi le patron, mon brave !

L'autre disparut dans l'arrière-boutique.

Peu de temps après parut un autre rongeur, plus
gras, avec un bonnet de fourrure synthétique sur
les oreilles. Il apportait les produits qu'avait com-
mandés Pina. Il les posa sur le comptoir et déclara :

– *Voiliev !*

J'écarquillai les **YEUX**.

– Comment est-ce possible ?

Pina répondit, d'un air de supériorité :

– Mon cher *petit monsieur* Geronimo, rien

n'échappe à **L'ŒIL** d'une vraie ménagère, vous savez. J'ai des années d'expérience, moi, je sais toujours où il faut faire ses courses... et notez-le bien, mon *petit monsieur* Geronimo : **Pina a toujours raison !**

Nous payâmes et sortîmes. Téa photographiait le paysage, le ciel tout noir, les Sourikistanais curieux qui nous entouraient. En même temps, elle dictait à son magnétophone de poche :

– *Le touriste qui arrive au Sourikistan commence par traverser un village. Sur la place principale, un pittoresque magasin d'alimentation où l'on trouve toute sorte de produits typiques...*

Je remontai dans le camping-car. Nous longeâmes des torrents limpides et glacés qui descendaient des glaciers, nous traversâmes des petits ponts de bois brinquebalants. Sur la *ROUTE*, nous croisions de rares passants, chargés de fagots, qui secouaient cordialement la patte pour nous saluer et chicotaient :

– *Minsk ! Minsk !*

DITES-MOI
LA VÉRITÉ...

Nous poursuivîmes notre voyage dans **L'OBSCURITÉ**.
La route était de plus en plus raide : nous
grimpâmes un ravin escarpé qui paraissait
creusé dans la roche de la montagne.
La **glace** tapissait la route comme la moisis-
sure recouvre le camembert. J'avais des **SUEURS
FROIDES** en voyant à chaque tournant la route
devenir plus étroite et les roues du camping-car
s'approcher dangereusement du précipice :
j'avais le vertige !
Enfin, nous arrivâmes sur un plateau qui domi-
nait les vallées environnantes.
Grand-père, tout content, sauta du camping-
car et respira à pleins poumons en chicotant :
– Voilà ce que j'appelle du bon air ! Prends
note, Téa, toi qui es précise (ce n'est pas

comme mes autres petits-enfants) : il faut conseiller aux touristes de s'arrêter **ICI** même, pour camper. J'imagine le spectacle qu'on doit avoir, au lever du soleil !

Ma sœur écrivait déjà sur son ordinateur portable des notes pour son guide touristique du Sourikistan : kilométrage, points de ravitaillement, stations-service...

Résigné, je me laissai g l i s s e r au bas du camping-car. Après des heures de voyage, j'avais l'impression d'avoir le **derrière carré** et la queue ankylosée.

Je fis quelques pas pour me dégourdir les pattes, mais Pina me perfora les tympans avec un coup de sifflet : c'était le signal que le repas était prêt.

– Allez, pressons, sinon le dîner va **refroidir** ! prévint-elle.

Depuis quelque temps, Pina s'était mis dans la tête que grand-père devait maigrir et que, moi, je devais **grossir**.

– *Monsieur* Honoré, je vous ai préparé une OLIVE et une feuille de laitue. Pour mon *petit monsieur* Geronimo, des **spaghettis à la sauce tomate et au gorgonzola**, puis une mégaportion de rôti au saindoux, et ensuite... une copieuse fondue au beaufort avec des croûtons au lard frit, et enfin une belle part de gâteau au yaourt et à la triple crème, arrosée de **chocolat fondu**, farcie de mélasse concentrée, noyée

sous le caramel, saupoudrée de noix de coco râpée !

Je FRISSONNAI.

– Euh, j'ai l'estomac fragile... essayai-je de protester.

– Ne vous en faites pas, je vais vous le fortifier, moi, votre estomac ! HÉ HÉ HÉÉÉ, je vais vous le barder de bonne nourriture, vous verrez comme il s'affermira ! Avec ma méthode, vous pourrez même digérer des cailloux !

Grand-père **LOUCHA** avec envie sur mon **assiette**, où Pina amoncelait des pelletées de nourriture. Puis il chuchota :

– Gamin, tu veux qu'on échange ?

Pina le gronda :

– *Monsieur* Honoré, j'ai tout entendu ! Ce que je fais, c'est pour votre bien, vous êtes trop **gras**, vous devez maigrir, perdre du poids ! Alors que vous, mon *petit*

monsieur Geronimo, il vous faut faire un effort, allez ! Appliquez-vous un peu !

J'ouvris la bouche pour protester, mais elle en profita pour me **FOURRER** traîtreusement entre les mandibules une énorme fourchetée de saindoux.

– Dites-moi la vérité, vous ne vous en êtes même pas aperçu ! ricana-t-elle, toute contente.

IL Y A QUELQUE CHOSE QUI CLOCHE !

Ce fut une longue, une horrible nuit peuplée de cauchemars. Je rêvai que je m'étais transformé en un terrible sandwich géant au triple gorgonzola…

Je me réveillai en sursaut.

– Scouiiit !

JE REGARDAI par la fenêtre et je VIS que le ciel était **noir** .

Je me dis d'abord qu'il faisait encore nuit, puis je m'aperçus que le réveil marquait déjà dix heures du matin.

Très inquiet, je réveillai ma sœur :

– Téa, il fait encore nuit ! Le soleil n'est pas encore sorti… Il y a quelque chose qui cloche !

UNE NUIT NOIRE ÉTERNELLE...

Ma sœur consulta un atlas et une encyclopédie sur Internet ; elle fit, sur sa **calculette**, des opérations compliquées concernant la latitude et la longitude, puis elle soupira et dit :

– Je comprends pourquoi il fait nuit ! Ici, nous sommes dans le Nord extrême, le soleil ne brille que quelques heures par jour. Le reste du temps, ce n'est qu'une **NUIT NOIRE ÉTERNELLE...**

Nous poursuivîmes notre voyage, affligés. À quoi bon écrire le guide touristique d'un endroit où le soleil ne se montre jamais ?

Qui voudrait aller là-bas ?

J'avais le moral plus bas que terre.

Pourquoi, pourquoi, pourquoi étais-je parti ?

Que faisais-je (moi qui **DÉTESTE** voyager)

dans ce coin oublié du monde, dans cette nuit noire éternelle ? Après des **heures** et des **heures** de voyage silencieux (aucun de nous n'osait ouvrir la bouche, pas même Pina), nous nous retrouvâmes au milieu d'une lande désolée.

Le terrain était **GLACÉ** et il n'y avait même pas d'arbres, mais simplement, çà et là, de rares **BUISSONS**. Nous étions très loin du moindre village. C'est alors que le camping-car s'arrêta.

Grand-père se renfrogna.

– C'est la panne sèche !

Il sortit de sous son siège un gros jerrican vide. Il le S E C O U 3 sous mon museau.

– Pas de problème, gamin !

Il suffit d'aller à la recherche d'une pompe !

– Et qui va y aller ? chicotai-je, méfiant.

– Pas moi, je suis trop vieux ! marmonna grand-père.

– *Moi, je suis une dame !* couina Téa.

– Moi, je fais à manger ! hurla Pina de la cuisine, où elle préparait une énorme pizza aux

4 FROMAGES.

– Mais pourquoi ça tombe toujours sur moi ?

Pina m'ouvrit la portière.

– Allez, allez, mon *petit monsieur* Geronimo !

Je vous garderai au **CHAUD** une belle part de pizza pour quand vous reviendrez !

Je sortis du camping-car, démoralisé.

Je me mis en chemin, en pensant à ma petite maison douillette et accucillantc. Quc faisais-jc dans cette région inhospitalière ? Pourquoi, pourquoi, pourquoi étais-je parti pour ce voyage de dingue ?

... LE PÈRE NOËL ?

C'est alors que j'entendis un tintement de clochettes. Je me retournai et je vis un gars, *enfin un rat,* qui conduisait un traîneau tiré par des rennes. J'ÉTAIS STUPÉFAIT.

Pendant un instant, un doute m'effleura. Je balbutiai :

– ... LE P-P-PÈRE NOËL ???

Mais, de plus près, je compris qu'il s'agissait simplement d'un rongeur local, qui conduisait son Traîneau *birenné* à alimentation végétale.

Je hurlai :

– Arrêtez-vous !

Mais il ne comprit pas.

J'agitai le jerrican, en criant :

– Je dois trouver de l'essence !

Mais il fit un geste comme pour dire qu'il ne comprenait vraiment pas et il poursuivit. Je lui courus derrière pendant quelques mètres, en haletant, puis j'eus une idée et levai le pouce :

– **AUTOSTOP !** hurlai-je.

Il ralentit en souriant et chicota :

– *Autostop ?*

– **Oui**, autostop ! répondis-je en souriant à mon tour.

Il me fit signe de monter et il repartit SUR LES CHAPEAUX DE ROUE (mais les traîneaux n'ont pas de roues !) à une vitesse ahurissante !

DU FOIN
POUR LES RENNES

Le gars, *ou plutôt le rat*, qui m'avait pris à bord
de son traîneau conduisait comme un **fou**, ce
n'était sûrement pas le Père Noël !
On aurait dit qu'il prenait plaisir à s'élancer
dans les descentes les plus raides, en hurlant
d'un air exalté :
– **Scouittiriscouit !**
En plus, il parlait à toute vitesse en sourikistanais
pour me raconter je ne sais quoi. J'essayais de
sourire pour me montrer cordial, mais j'avais
l'impression que j'allais m'évanouir chaque fois
que le traîneau *s'inclinait* dangereusement sur
un seul patin.
Au lieu de se concentrer sur la route, cet inconscient lâchait sans arrêt les rênes pour faire

*Le gars, ou plutôt le rat, conduisait son traîneau
comme un fou !*

autre chose : il se mouchait, se **GRATTAIT** les moustaches, se curait les oreilles avec l'auriculaire, comptait les pièces d'argent qu'il avait dans la poche gauche, prenait un cachou pour l'haleine dans la poche droite, ou bien il me donnait une tape sur l'épaule, comme si nous étions de vieux  copains, en me racontant en sourikistanais quelque chose qui avait l'air de l'amuser beaucoup.

Je hurlais chaque fois que le traîneau sortait de la route :

— Regardez la route, enfin la neige, enfin regardez devant vous, je vous en supplie ! ATTENTION !

Il éclatait alors de rire, comme si j'avais dit la chose la plus drôle du monde.

Tout tourneboulé, je m'agrippai avec la **FORCE** du désespoir aux barres latérales du traîneau, pour ne pas être projeté au-dehors. Pourquoi, pourquoi, pourquoi étais-je parti pour ce voyage de dingue ?

Le traîneau continuait sa folle course dans la nuit sans fin, sillonnant l'étendue de neige qui brillait d'une lueur bleutée.

Le froid était de plus en plus vif, et la piste de neige sur laquelle nous glissions de plus en plus dure et compacte.

Je m'aperçus avec **HORREUR** que, par conséquent, la vitesse augmentait.

Au lieu de glisser sur la neige, le traîneau paraissait maintenant la survoler, tel un magique tapis volant planant dans l'air glacé.

Enfin, comme un mirage, je vis pointer à l'horizon une petite lueur qui brillait faiblement dans la nuit.

C'était une station-service !

Le malade qui conduisait le traîneau arrêta ses rennes avec un coup de frein spectaculaire, qui souleva une GERBE de neige à un mètre cinquante de hauteur ; puis il me déposa devant la pompe.

JE GLISSAI AU BAS du traîneau, plus mort que vif, et pris congé :

– Euh, merci !

Il me fit un signe cordial, comme pour me dire :

Ce fut un plaisir, mon ami !

Puis il fit le plein de foin pour les rennes.

Tout en remplissant mon jerrican d'essence, je me posai un problème **BRÛLANT** : c o m m e n t retourner au camping-car ?

Le pompiste me présenta un gars, *enfin un rat,* qui venait

de la direction opposée et qui faisait le plein de gazole pour son scooter des neiges.

Avant de monter, je lui demandai, méfiant :

– Vous conduisez doucement, hein ? Vous êtes prudent ?

L'autre me répondit d'un geste, comme pour me dire : *Ne vous inquiétez pas, je conduis aussi prudemment qu'une petite vieille, je n'ai jamais eu un seul accident en vingt ans, les compagnies d'assurances m'adorent !*

Puis il m'asséna une grande tape sur l'épaule et m'offrit un **CASQUE**, en baragouinant quelque chose de drôle en sourikistanais.

Je n'étais pas du tout rassuré, mais je n'avais pas le choix ! Pourquoi, pourquoi, pourquoi étais-je parti pour ce voyage de dingue ?

Avec un frisson prémonitoire, je montai sur le scooter des neiges… Il démarra à la vitesse de l'**ÉCLAIR**.

Au secouuurs ! Je ne sais pas conduire ce scooter...

AGRIPPÉ de toutes mes forces à mon siège, je pensais : « Par mille mimolettes, que peut-il m'arriver de pire ? »

Hélas, j'allais bientôt le découvrir...

Une demi-heure plus tard, le gars, *ou plutôt le rat*, se retourna et m'indiqua le guidon du scooter des neiges en me faisant un petit discours en sourikistanais, après quoi il me donna une **tape** sur l'épaule...

... et il appuya le museau sur le pare-brise et s'endormit !

– **Quoi quoi quoi ?** Je ne sais pas conduire un scooter des neiiiiiges !

Mon cri de désespoir se perdit dans la nuit.

J'essayai de réveiller le conducteur, mais je n'osai pas lâcher le guidon.

Soudain, je me retrouvai devant une descente vertigineuse.

– **Au secouuurs !** hurlai-je...

puis le scooter plana en l'air pendant des secondes qui parurent infinies.

Dans le silence total, j'entendis distinctement

cet inconscient de Sourikistanais ronfler paisi-
blement... Puis le scooter retomba au sol :
par miracle, il était encore **ENTIER**.
Je ne sais pas combien de temps s'écoula avant
que le gars, *ou plutôt le rat,* se réveille.
Il S'ÉTIRA, BÂILLA, puis fit un signe,
comme pour dire : *Tout va bien, mon ami ? Tu
veux que je te remplace ?*
Soudain, devant nous, apparut une lumière,
puis une silhouette familière : le camping-car !
Dans l'obscurité, je vis des éclairs.

flash ! flash ! flash ! flash !

C'était ma sœur Téa, qui prenait des photos en
rafale.
Je hurlai :
– Scouittt ! Les freins ! Où sont les freins ?
Le type ricana.

Puis, sans même essayer de freiner, il fit un brusque tête-à-queue devant le camping-car et je fus *éjecté de mon siège.*
Il me jeta le jerrican d'essence, puis il **s'éloigna** dans la nuit, en agitant la patte pour me saluer.

– **Minsk !** l'entendis-je chicoter dans le lointain.

Au moment où j'émergeais d'un tas de neige fraîche, en recrachant des glaçons, ma sœur prit une dernière photo. Elle déclara, ravie :

– Cette photo sera parfaite pour notre livre ! J'imagine déjà la légende : « Sur cette photo, on voit l'éditeur de ce guide aux commandes d'un scooter. N'a-t-il pas l'air de s'amuser follement ? »

Je n'avais même pas la force de répondre. Je me traînai jusqu'au camping-car pour **mettre** des habits SECS, mais j'étais à peine entré que Pina me fourra dans la bouche une part de **PIZZA BRÛLANTE**, ce qui m'arracha un hurlement.

– Je vous l'avais bien dit, mon *petit monsieur* Geronimo, que je vous garderais une part de pizza au chaud. Vous êtes content, hein ?
Pourquoi, pourquoi, pourquoi étais-je parti pour ce voyage de dingue ?

COMMENT PÊCHER LE POISSON *KIKOKOTTE*

Nous passâmes les jours qui suivirent à **patrouiller** dans les vastes plaines enneigées du Sourikistan, à interviewer les habitants par gestes.

Hélas, il n'existait pas de **DICTIONNAIRES** de sourikistanais (il n'y avait pas de touristes, qui les aurait achetés ?). Ma sœur m'obligea à essayer tous les **SPORTS** typiques du Sourikistan, qu'elle voulait décrire dans le guide. C'est ainsi que je dus participer à :

A. **Une bataille de boules de neige** (regardez bien la photo : n'ai-je pas l'air parfaitement ridicule ?).

B. **Un concours du plus beau bonhomme de neige** (au beau milieu de la partie, ma queue s'est **CONGELÉE** et j'ai dû déclarer forfait).

C. **Un stage de survie** (il n'a pas fallu moins de trois équipes de secouristes, qui m'ont cherché fébrilement pendant **huit** heures et demie).

D. **Un concours de patinage sur le grand lac de glace** (mais la **GLACE** n'était pas assez épaisse, je suis tombé à l'eau et j'ai fini en état d'hibernation dans un bloc de **GLAÇON**).

E. **Une virée pour pêcher le poisson** *kikokotte* (je ne saurais vous expliquer pourquoi on lui a donné ce nom, essayez de l'imaginer tout seuls).

F. **Un cours « comment construire un igloo »** (j'ai fait l'entrée de l'**IGLOO** trop petite et je suis resté coincé dedans).

SOURIKNO, SOURIKNO, SOURIKNO !

Nous étions tous démoralisés.

– Geronimo, à ton avis, à quoi ça rime de publier un guide touristique du Sourikistan ? demanda ma sœur, en pianotant paresseusement sur le clavier de son ORDINATEUR.

– Hélas, à rien du tout ! répondis-je, désespéré. Aucun touriste ne viendra jamais au Sourikistan, une région où il fait moins quarante, où le soleil ne brille jamais, où la plus grande distraction est de pêcher le poisson kikokotte !

Elle soupira, éteignit son ORDINATEUR et regarda fixement le vide devant elle. Nous nous préparions tristement au retour.

Je sortis tout penaud pour me dégourdir les pattes, avant ce long voyage.

Peut-être que quelques pas dans l'air vivifiant m'éclairciraient les idées...

JE SUIVIS LA ROUTE

JUSQU'À UN PETIT VILLAGE.

Je passai devant une maison. À travers la fenêtre, je vis une famille de Sourikistanais attablés.

Ils avaient de beaux museaux satisfaits. Je notai qu'ils ingurgitaient goulûment des morceaux d'un fromage jaune doré…

C'est alors que la maîtresse de maison me vit et, avec un sourire cordial, me fit un geste, comme pour m'inviter à entrer.

Elle ouvrit la porte, hospitalière, et le vent m'apporta un délicieux petit parfum que je n'avais encore jamais senti. Je goûtai une lichette de ce fromage : ah, c'était fabuleux !

C'était aussi délicat que le brie le plus FIN, aussi succulent que le chèvre le plus **savoureux**, aussi raffiné que l'abondance le plus **AFFINÉ** !

Son *parfum* était indescriptible : on aurait dit la symphonie des mille arômes confondus !

Je demandai à la maîtresse de maison :

– Excusez-moi, madame, comment s'appelle ce fromage ?

Elle s'approcha avec un plat plein de **MoRCeaUX** de ce délicieux fromage.

– *Appéritoff ? Sourikno enkore ?*

Peut-être me demandait-elle si j'en voulais encore. J'essayai de mieux m'expliquer :

– Euh, madame, je voudrais savoir comment s'appelle ce fromage ! Je voudrais connaître le nom de ce fromage !

Je vis une famille de Sourikistanais attablés…

Elle répondit :

– **Sourikno !**

Je ne comprenais pas.

– Pardon ? Pouvez-vous répéter ?

Alors, perdant patience, elle chicota, en désignant le fromage :

– **SOURIKNO ! Sourikno, sourikno, sourikno ! S-o-u-r-i-k-n-o !!! Compritoff ?**

C'était un fromage dont les indigènes se transmettaient la recette de **génération** en **génération**.

Les Sourikistanais avaient inventé mille recettes délicieuses : fondue au **sourikno**, crêpes au **sourikno**, soufflé au **sourikno**...

J'allai appeler les autres.

CONNAISSEZ-VOUS LA PENSÉE LATÉRALE ?

Téa s'illumina.

– **IDÉE !**

Cette **nuit**-là, elle n'alla même pas se coucher, et je l'entendis écrire jusqu'à tard dans la **nuit**, pianotant sur le clavier de son ordinateur comme une forcenée…

Le lendemain matin, elle se présenta au petit déjeuner épuisée mais heureuse. Pina, très prévenante, lui offrit une tasse de **café fumant** :

– Voici, *Mademoiselle* Téa !

Celle-ci nous demanda :

– Connaissez-vous la *pensée latérale* ?

Cela consiste à considérer les problèmes d'un

point de **VUE** différent : avec un soupçon de fantaisie !

Puis elle s'adressa à grand-père :

– Imagine que tu te trouves devant un **MUR**. Que ferais-tu ?

Grand-père ne réfléchit qu'une seconde et il répondit, en tapant du poing sur la table :

– J'abattrais ce **MUR** ! Je ne vois pas d'autre solution !

Téa secoua la tête.

– Il y en a une autre, pourtant : il faut contourner le **MUR** ! C'est cela, la pensée latérale : contourner les problèmes, en découvrant de nouvelles manières de les résoudre avec créativité !!! Essayons donc d'appliquer la méthode de la pensée latérale à notre situation…

Problème...

Nous devons publier un livre à succès sur le Sourikistan, mais cela ne peut pas être un guide touristique...

Réflexion...

Au Sourikistan, on produit un fromage extraordinaire, le sourikno...

Pensée latérale !

Nous allons donc publier un livre de recettes à base de sourikno !

JE VOUS LE RACONTERAI UNE AUTRE FOIS...

Sur la route du retour, il nous arriva encore toute sorte d'aventures. Tandis que nous traversions une forêt, un arbre

s'AbATTiT

juste devant le camping-car. Nous fûmes obligés de le débiter en morceaux à l'aide d'une tronçonneuse pour pouvoir poursuivre notre route.

Ce fut un travail long et difficile : devinez qui dut s'en charger ? Dites un nom au hasard... Oui, tout juste : moi !

Puis un pneu éclata alors que nous roulions en trombe sur une piste VERGLACÉE

et nous faillîmes heurter un caribou.

Puis nous fûmes pris dans une tempête de neige et restâmes **bloqués** pendant trois jours.

Pina nous gâta en préparant de délicieux petits plats au sourikno. Comme il était bon de rester ensemble dans la *TIÈDEUR* de notre maison à quatre roues et de **bavarder** pour passer le temps...

Nous vécûmes encore plein d'aventures et de mésaventures passionnantes, mais je vous les raconterai une autre fois, car nous en sommes déjà à la page 109 et le livre se termine dans huit pages !

LA VIE EST
UN LONG VOYAGE

Oui, le voyage de retour fut **long** et éprouvant.

Pourtant, grand-père semblait ne jamais se lasser : il restait **COLLÉ** au volant du matin au soir.

Lorsqu'il conduisait, il ne parlait presque jamais.

– Quand je conduis, je conduis, un point, c'est tout. Prends note, gamin : le secret, pour avoir du succès dans la vie, c'est de ne faire qu'une chose à la fois !

Je lui tenais compagnie même quand Téa et Pina dormaient. J'aimais le silence dans la cabine,

cette sensation que le monde s'était arrêté et qu'il n'existait plus que notre camping-car qui voyageait dans la **nuit** . J'aimais m'abandonner à mille pensées, bercé par le ronflement rassurant du moteur, comme un **CHAT** qui ronronne.

Je regardais, fasciné, la route qui se déroulait devant nous, toujours nouvelle et différente.

Peut-être commençai-je à prendre goût aux voyages !

Une **nuit** , alors que tout était silencieux autour de nous, grand-père dit :

– Voilà un petit bout de temps que je voulais te parler, gamin.

Je me tus, **STUPÉFAIT**.

Grand-père continua :

– Nous ne sommes pas toujours d'accord, tous les deux, mais sache que je t'aime beaucoup, Geronimo.

J'allais lui dire que, moi aussi, je l'aimais beaucoup, mais, d'un geste, il m'imposa silence.

– Souviens-toi, gamin : on ne voyage pas pour arriver, on voyage pour voyager, pour sentir qu'on est à mi-chemin entre une situation et une autre, en suspens… Parce que, tu vois, Geronimo, la vie est un long voyage. Peu importe les problèmes que tu laisses derrière toi. Tout ce qui compte, c'est la route que tu as devant toi, qui te donne envie d'avancer, sans jamais te décourager. Ça,

gamin, c'est le sens de la vie : toujours regarder devant soi, parce qu'il y a toujours une route qui n'attend que d'être parcourue.

J'écoutais en silence. J'étais ému : je suis un gars, *enfin un rat,* **sentimental**.

Demain
EST UN AUTRE JOUR

Quand grand-père se tut, j'aperçus un **panneau** au bord de la **route**. Nous étions presque arrivés ! Grand-père me donna une tape sur l'épaule et dit :

– Allez, prends ma place, gamin ! **J'ai confiance !** Mais va doucement, ni trop lentement ni trop vite, exactement à **50 KILOMÈTRES** à l'heure, compris ?

Bienvenue à

SOURISIA

Allez, roule, avant que je regrette de t'avoir laissé le **volant** !

Puis il me fit un clin d'**ŒIL** et sourit.

Je lui souris à mon tour. Je posai les pattes sur le volant, passai une vitesse et conduisis le camping-car sur la route de Sourisia.

À la maison ! Nous rentrions à la maison ! Ce fut avec un brin de nostalgie que nous nous *séparâmes*.

Non seulement parce que je m'étais attaché à Pina et à ses bons petits plats, mais surtout parce que j'avais compris que grand-père m'aimait *bien*, et qu'il m'avait toujours *bien* aimé...

Au moment de la séparation, grand-père Honoré me donna une tape sur l'épaule et me murmura à l'oreille :

– Souviens-toi, Geronimo, il n'y a pas de meilleur moyen de connaître un rongeur que de voyager avec lui !

Je descendis devant chez moi, Téa appela un **TAXI**. Grand-père et Pina remontèrent dans le camping-car.

– On se voit demain, grand-père ? demandai-je.

Il ricana :

– Va savoir... Demain est un autre jour, gamin. Un autre jour !

– Quoi ? Tu repars, grand-père ? Mais où vas-tu ?

Il me fit un clin d'ŒIL.

– Je ne sais pas, gamin. Tu te souviens ? Je ne voyage pas pour arriver, je voyage pour voyager !

Même si grand-père Honoré n'est pas un gars, *enfin un rat,* **sentimental**, je jurerais qu'il avait les YEUX qui brillaient.

Pina, à la fenêtre de la cuisine, nous salua en **agitant** la patte, et je les vis disparaître tous les deux dans la nuit.

CHER GRAND-PÈRE, JE T'AIME !

Chers amis rongeurs, voulez-vous savoir comment s'est terminée cette aventure ? Les Recettes secrètes du Sourikistan ont été un succès phénoménal. Trois millions d'exemplaires ! Hier, j'ai reçu un e-mail de grand-père : « *Tu as vu ? Je vous l'avais dit ! Trois millions d'exemplaires, trois, je dis bien t-r-o-i-s ! Troiiiiiis ! Et je prévois encore des réimpressions en pagaille !* »

Je ne dis plus que je déteste voyager. D'ailleurs, pour **Noël**, j'offrirai un fabuleux voyage à ma famille. Comme ça, nous serons de nouveau ensemble.

Et je vous donne un conseil : *si vous avez un grand-père, gardez-le précieusement, parce que tous les grands-pères sont spéciaux, tous les grands-pères sont uniques...*

TABLE DES MATIÈRES

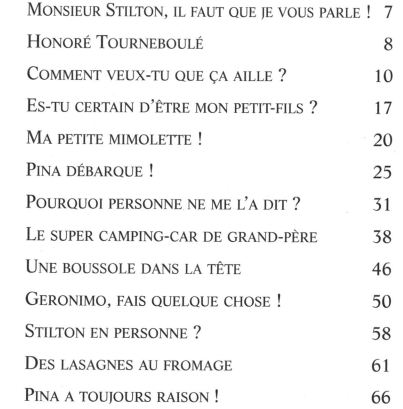

Geronimo Stilton

DANS LA MÊME COLLECTION

L'Écho du rongeur
1. Entrée
2. Imprimerie (où l'on imprime les livres et le journal)
3. Administration
4. Rédaction (où travaillent les rédacteurs, les maquettistes et les illustrateurs)
5. Bureau de Geronimo Stilton
6. Piste d'atterrissage pour hélicoptère

Sourisia, la ville des Souris

1. Zone industrielle de Sourisia
2. Usine de fromages
3. Aéroport
4. Télévision et radio
5. Marché aux fromages
6. Marché aux poissons
7. Hôtel de ville
8. Château de Snobinailles
9. Sept collines de Sourisia
10. Gare
11. Centre commercial
12. Cinéma
13. Gymnase
14. Salle de concert
15. Place de la Pierre-qui-Chante
16. Théâtre Tortillon
17. Grand Hôtel
18. Hôpital
19. Jardin botanique
20. Bazar des Puces qui boitent
21. Parking
22. Musée d'art moderne
23. Université et bibliothèque
24. La Gazette du rat
25. L'Écho du rongeur
26. Maison de Traquenard
27. Quartier de la mode
28. Restaurant du Fromage d'Or
29. Centre pour la Protection de la mer et de l'environnement
30. Capitainerie du port
31. Stade
32. Terrain de golf
33. Piscine
34. Tennis
35. Parc d'attractions
36. Maison de Geronimo Stilton
37. Quartier des antiquaires
38. Librairie
39. Chantiers navals
40. Maison de Téa
41. Port
42. Phare
43. Statue de la Liberté

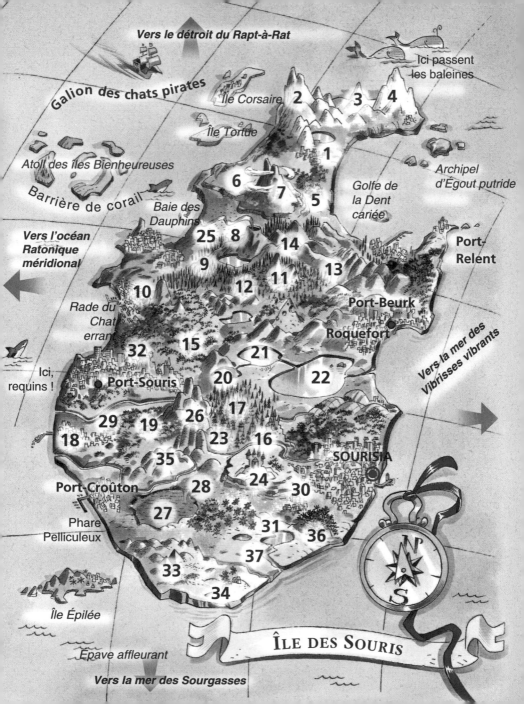

ÎLE DES SOURIS

Île des Souris

Au revoir, chers amis rongeurs, et à bientôt
pour de nouvelles aventures.
Des aventures au poil, parole de Stilton, de...

Geronimo Stilton